가난한 날의 행복

어르신 이야기책 _103 짧은글

가난한 날의 행복

초판 1쇄 발행일 2018년 3월 9일

지은이 김소운
그린이 남인희
펴낸이 이원중

펴낸곳 지성사 출판등록일 1993년 12월 9일 등록번호 제10-916호
주소 (03408) 서울시 은평구 진흥로1길 4(역촌동 42-13) 2층
전화 (02) 335-5494 팩스 (02) 335-5496
홈페이지 지성사.한국 | www.jisungsa.co.kr 이메일 jisungsa@hanmail.net

ISBN 978-89-7889-352-7 (04810)
978-89-7889-349-7 (세트)

잘못된 책은 바꾸어 드립니다. 책값은 뒤표지에 있습니다.

이 도서의 국립중앙도서관 출판예정도서목록(CIP)은 서지정보유통지원시스템 홈페이지 (http://seoji.nl.go.kr)와 국가자료공동목록시스템(http://www.nl.go.kr/kolisnet)에서 이용하실 수 있습니다. (CIP제어번호: CIP2018005465)

어르신 이야기책 _103 짧은글

가난한 날의 행복

김소운 글 · 남인희 그림

지성사

먹을 만큼 살게 되면 지난날의 가난을 잊는 것이 인지상정인가 보다.

가난은 결코 환영할 만한 게 못 되니,
빨리 잊을수록 좋은 것일지도 모른다.

그러나 가난하고 어려웠던 생활에도

아침 이슬같이 반짝이는 아름다운 회상이 있다.

여기에 적는 세 쌍의 가난한 부부 이야기는

이미 지나간 옛날이야기이지만

내게 언제나 새로운 감동을 안겨 주는 실화들이다.

그들은 가난한 신혼부부였다.

보통의 경우라면 남편이 직장으로 나가고

아내는 집안에서 살림을 하겠지만 그들은 반대였다.

남편은 집안에 있고 아내는 집에서 가까운

어느 회사에 다니고 있었다.

어느 날 아침, 쌀이 떨어져서

아내는 굶고 출근을 했다.

“어떻게든지 변통을 해서 점심을 지어 놓을 테니 그때까지만 참으오.”

출근하는 아내에게 남편은 이렇게 말했다.

마침내 점심시간이 되어 아내가 집에 돌아와 보니 남편은 보이지 않고 방 안에는 신문지로 덮인 상이 놓여 있었다.

아내는 조용히 신문지를 걷었다.

따뜻한 밥 한 그릇과 간장 한 종지…….

쌀은 어떻게 구했지만 찬까지는 마련할 수 없었던

모양이었다.

아내는 수저를 들려고 하다가

문득 상 위에 놓인 쪽지를 보았다.

"왕후의 밥, 걸인의 찬…… 이걸로 시장기만 속여두오."

낯익은 남편의 글씨였다.
순간 아내는 눈물이 핑 돌았다.

왕후가 된 것보다도 행복했다.
만금을 주고도 살 수 없는 행복감에 가슴이 부풀었다.

왕후의 밥,
걸인의 찬……
이걸로 시장기만
속여두오

다음은 어느 시인 내외의 젊은 시절 이야기이다.
역시 가난한 부부였다.

어느 날 아침, 시인은 세수를 하고 들어와
아침상을 기다리고 있었다.

그때 시인의 아내가 쟁반에다 삶은 고구마 몇 개를
담아 들고 들어왔다.

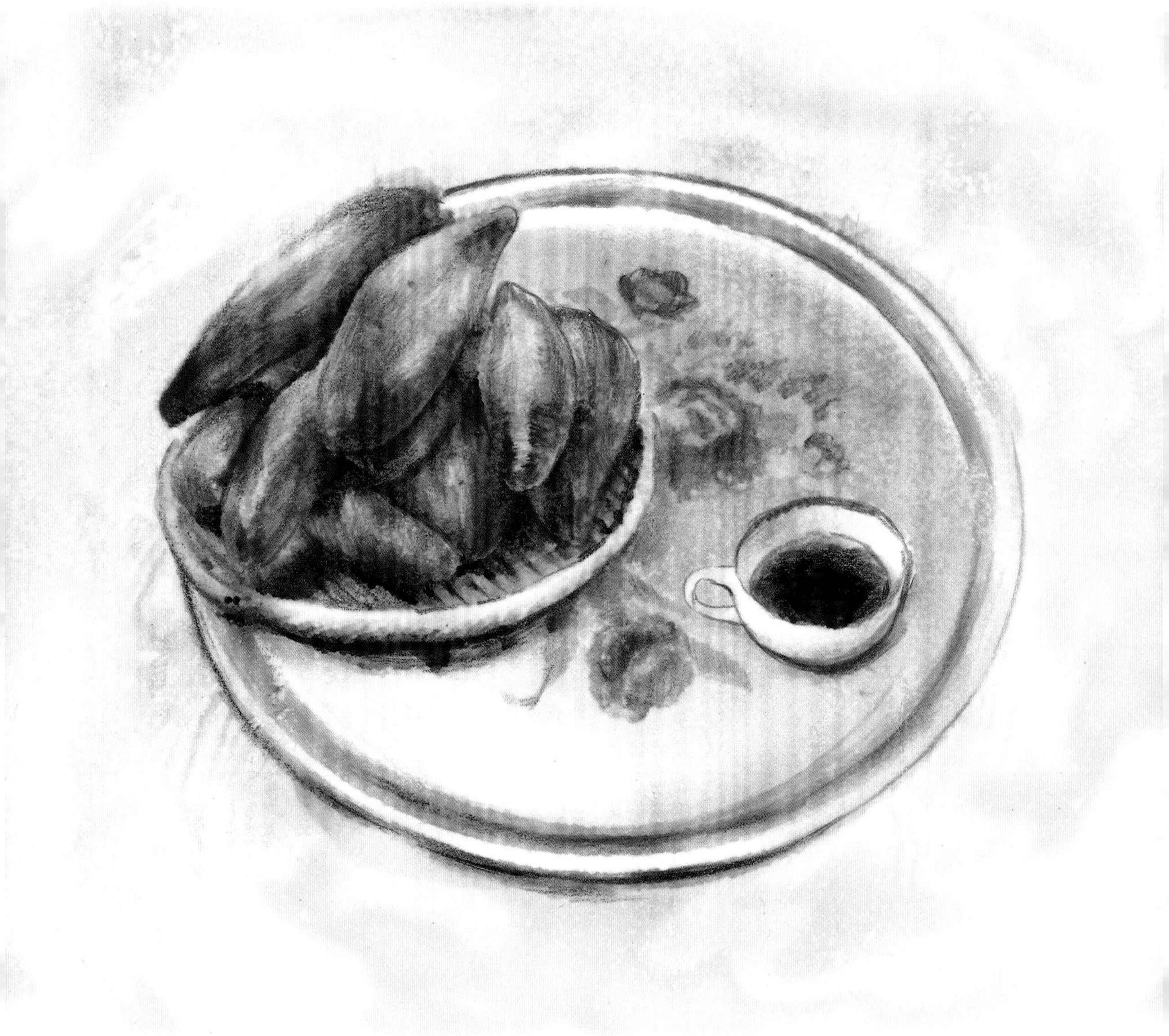

“햇고구마가 하도 맛있다고 아랫집에서 말하기에
우리도 좀 사 왔어요. 맛이나 보세요.”

시인은 본래 고구마를 좋아하지 않는 데다
식전에 그런 것을 먹는 게 퍽 부담스럽게 느껴졌지만
아내를 대접하는 뜻에서 그중 제일 작은 놈을 골라
먹었다.

그리고 쟁반 위에 함께 놓인 홍차를 들었다.

"하나면 정이 안 간대요. 한 개만 더 드셔요."

아내는 웃으면서 또 이렇게 말했다.
남편은 마지못해 또 한 개를 집었다.

어느새 밖에 나갈 시간이 가까워졌다.

그래서 시인은,

"이제 나가 봐야겠소. 밥상을 들여요."

하고 재촉했다.

“지금 잡숫고 있잖으셔요.

이 고구마가 오늘 아침 우리들의 밥이어요.”

“뭐요?”

시인은 비로소 집안에 쌀이 떨어진 줄 알고
무안하고 미안한 생각에 얼굴이 화끈했다.

“쌀이 없으면 없다고 왜 좀 미리 말을 못하는 거요.
사내 봉변을 시켜도 유분수지.”

“저의 작은아버님이 장관이셔요.
어디를 가면 쌀 한 가마 없겠어요?
하지만 긴긴 인생에 이런 일도 있어야
늙어서 얘깃거리가 되잖아요.”

잔잔한 미소를 지으며 이렇게 말하는 아내 앞에 시인은 묵연할 수밖에 없었다.

그러면서도 가슴속엔 형언 못할 행복감이 밀물처럼 밀려왔다.

진실로 행복한 자신을 발견한 것이었다.

다음은 어느 중로(中老)의 여인에게서 들은 이야기다.

여인이 젊었을 때였다.
남편이 거듭 사업에 실패하자
내외는 갑자기 가난 속에 빠지고 말았다.

남편은 다시 일어나 사과장사를 했다.
서울에서 사과를 사서 싣고
춘천에 갖다 넘기면 다소의 이윤이 생겼다.

그런데 한번은, 춘천으로 떠난 남편이

이틀이 되어도 사흘이 되어도 돌아오지를 않았다.

제날로 돌아오기는 어렵지만 이틀째에는

틀림없이 돌아오던 남편이었다.

아내는 기다리다 못해 닷새째 되는 날 춘천으로 떠났다.

"춘천에만 닿으면 만나겠지 했지요.
춘천을 손바닥만 하게 알았나 봐요.
정말 막막하더군요.
하는 수 없이 여관을 뒤졌지요.

여관이란 여관은 모조리 뒤졌지만 그이는 없었어요.
하룻밤을 여관에서 뜬눈으로 새웠지요.

이튿날 아침, 문득 그이의 친한 친구 한 분이
도청에 계시다는 것이 생각나서 그분을 찾아 나섰지요.
가는 길에 혹시나 하고 정거장에 들러 봤더니……."

나하나
여인숙
여인숙
미장원
여관

매표구 앞에 늘어선 행렬 속에 남편이 서 있었다.
아내는 너무 반갑고 원망스러워 말이 나오지 않았다.

트럭에다 사과를 싣고 춘천으로 떠난 남편은
가는 길에 사람을 몇 태웠다고 했다.
그들이 사과궤짝을 깔고 앉는 바람에
사과가 상해서 제값을 받을 수 없었다.

남편은 도저히 손해를 보아서는 안 될 처지였기에
친구의 집에 기숙하면서 어젯밤 늦게서야
겨우 다 팔 수 있었다는 것이다.

전보도 옳게 제구실을 하지 못하던
8·15 직후였으니…….

함께 춘천을 떠나 서울로 향하는 차 속에서
남편은 아내의 손을 꼭 쥐었다.
그때만 해도 네 시간이나 걸리던 경춘선,
남편은 한번도 손을 놓지 않았다.

아내는 한 손을 남편에게 맡긴 채 너무도 너무도
행복해서 그저 황홀에 잠길 뿐이었다.

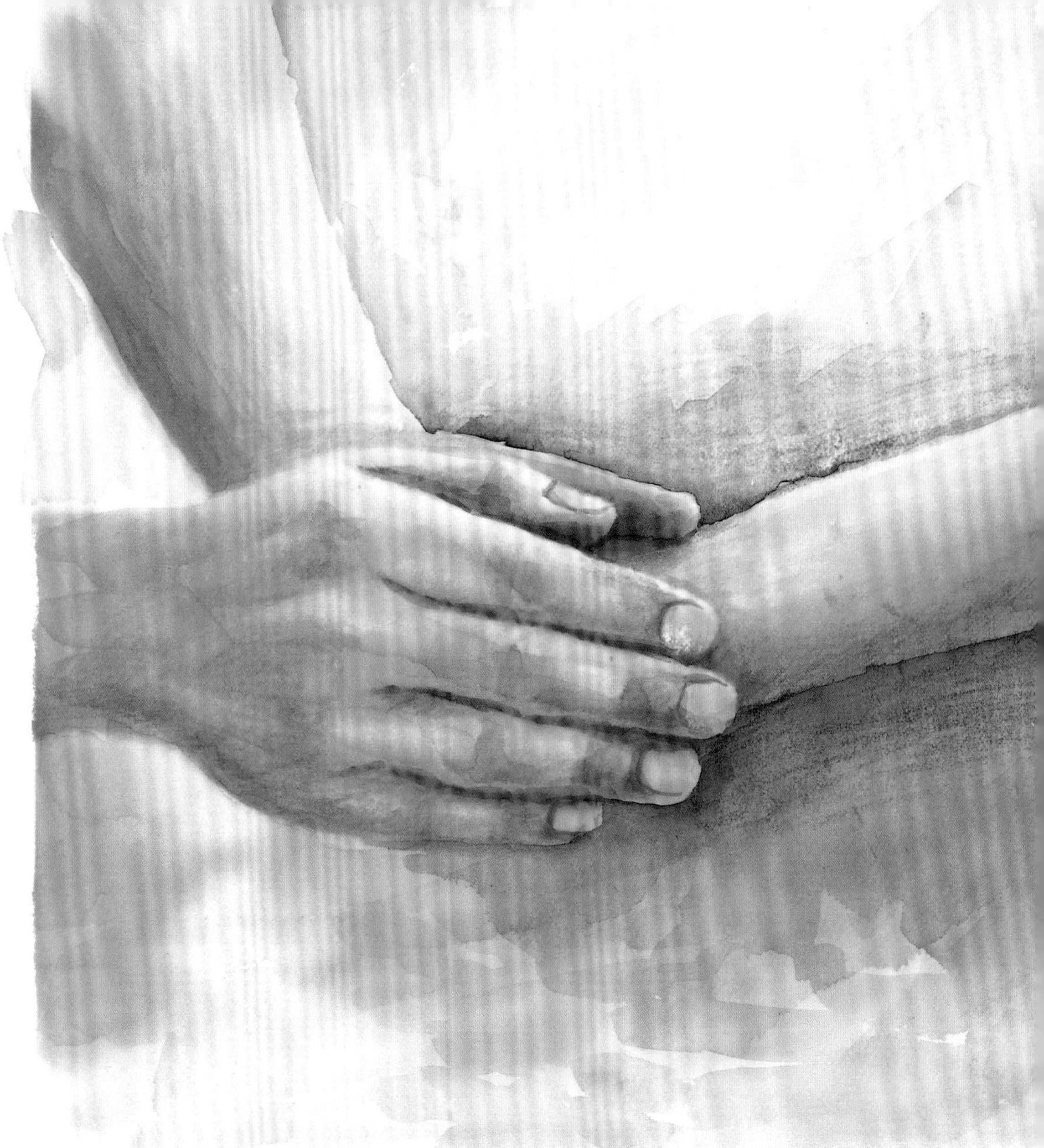

그 남편은 그러나 6·25 때 죽었다고 한다.
여인은 어린 자녀들을 이끌고 모진 세파와 싸우지
않으면 안 되었다.

"이젠 아이들도 다 커서 대학엘 다니고 있으니
그이에게 조금은 면목이 설 것도 같아요.
제가 지금까지 살 수 있었던 것은
춘천서 서울까지 제 손을 놓지 않았던 그이의 손길,
그것 때문일지도 모르지요."

여인은 조용히 웃으면서 이렇게 말을 맺었다.

상 회

지난날의 가난은 잊지 않는 게 좋겠다.
더구나 그 속에 빛나던 사랑만은 잊지 말아야겠다.

"행복은 반드시 부(富)와 일치하지 않는다"는 말은
결코 진부한 일 편의 경구만은 아니다.

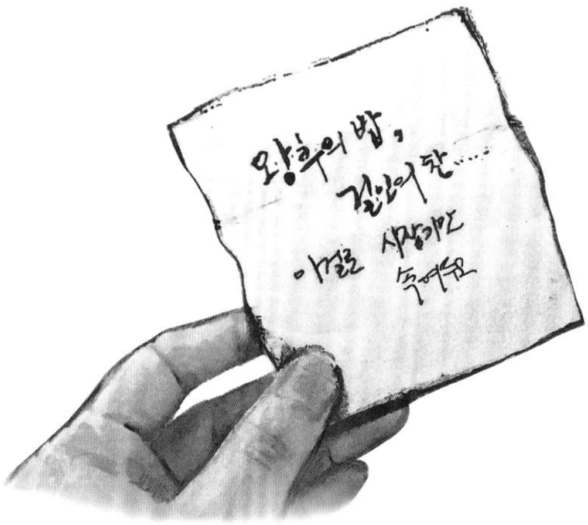
왕후의 밥,
걸인의 찬……
이걸로 시장기만
속여유